JN105575

短歌集

認知症百態

郭　隆璨
KWAK Ryungchan

文芸社

まえがき

　認知症とは、認知機能が脱落、あるいは低下する病気である。

　認知機能とは、記憶力や判断力等で構成されている。

　これらの認知機能は、脳の神経細胞とその連絡路である回路によって構成され維持される。

　人間は生まれた時には、認知能力をほとんど持っていないが、体の成長と共に神経細胞等の脳の機能も発達してゆき、認知機能が形成される。

　認知機能が充実して社会生活に順応できるようになるまでには、生後10年から20年を要する。

　生まれた時には、神経細胞の数は大脳では約140億といわれているが、原則的には二度と分裂することはない。

　そのため、加齢や脳の病気や外傷によって神経細胞や回路の脱落や機能低下が生じると認知症になるので

ある。

　障害される脳の部位や程度は一定ではない。

　しかも脳の発達する過程は、それぞれ人によって異なる。

　したがって認知症になった場合の症状や病態は、人によって異なり千差万別である。

　私は医師になってから27年間、脳神経外科を専攻し、患者の診療と研究を行った。

　その後、28年間、老人保健施設で成人病、特に認知症の診療と研究を行った。

　これまでに診た認知症患者は千数百人を超える。

　認知症に関しては、すでに『認知症の森』（2015年、早稲田出版）に著述した。

　認知症の症状や病態を分かりやすく示すために、短歌を100首詠み、出版することにした。

私誰？
ここはどこなの？
本当に
食事食べたの
お腹空いてる

2020年10月27日、未明。

　87歳の老女、記憶障害が始まって5年。今は自分のことも家族のことも分からなくなってしまった。

　記憶障害だけでなく、見当識障害も重症化して自己の存在の根底が消失してしまった。この不安は底知れぬ深さである。

荷物持ち
家<ruby>を出ていく<rt>うち</rt></ruby>
ババに問う
「どこ行くの」
ババ「家<ruby>に帰るの<rt>うち</rt></ruby>」

2023年1月5日、未明。
夢から覚めて。

　認知症になってから、ババは何度も家を出て街をさ
まよう。そして行方不明となる。
　今回も嫁がババの出てゆくのを見とがめて「どこへ
行くの」。ババはいつものように「うちに帰るの」と
言う。ババにとっては、自分が生まれ育った家が自分
の家だから、そこへ帰ろうとしているのである。

暑い夏
暖房つけて
横たわる
オババの意識
遠ざかっていく

2023年1月5日、未明。

寒い雨の日。

暑い夏の日の出来事を思い出して。

　オババは閉め切った部屋でエアコンをつけていたが、冷房ではなく暖房にしていた。熱中症で意識混濁しているのを、近くの娘が発見した。

　幸い命はとりとめた。エアコンの操作ができなくなっていたババは、これから何度も生死の境をさまようことになるだろう。

ごった煮は
サワラ、〆サバ
ネギ、レタス
家人黙して
皆ハシ取らず

2020年10月28日、未明。

　83歳の認知症の老女。
　いつものように食事を作るが、その中身は手あたり次第のごった煮であった。
　このように認知症の老婆は食事を作ることができなくなった。

食べ終えて
お膳片付け
５分後に
食事はまだかと
怒鳴る老女

2020年10月30日。

　短期記憶の障害は次第に強くなり、食事を食べても、すぐに食べた記憶がなくなってしまう。

　読書していて、読み終えた一行から次の行に移るまでに、読み終えた行を読み忘れて、再度同じ行を読み始めるのである。

自らは
飲み食べできず
寝たきりで
家人は悩む
経管？　胃ろう？

2022年10月20日、朝。

　食事を自ら取れなくなった認知症末期の状態で、最後の選択肢は経管栄養か、胃ろうか、それとも点滴を続けるのか、何もしないのか。
　人生観や死生観はそれぞれ異なる。
　最後の選択肢の一つは食事の問題である。
　社会的に論議すべきことである。

腕を刺し
血を吸う家蚊（いえか）
じっと見る
ジジの顔は
仏となりて

2023年1月5日、未明。

　腕を刺し、血を吸う家蚊。

　それをじっと見るオジジ。

　幼い日、蚊に刺されて血を吸われていた思い出が鮮烈によみがえる。

　オジジはそれをなつかしんでいるのだろうか。穏やかな笑顔である。

満足気
ポケットいっぱい
ダンゴムシ
オジジの心
子供に還る

2023年1月5日、朝。

　このオジジは、幼年時代、虫が大好きでいつも虫と遊んでいた。

　ダンゴムシもその一つで、触ると小さなマリのように丸くなる。

　ポケットいっぱいにダンゴムシを入れて、ダンゴムシが歩いたり丸くなったりする感触をいつまでも楽しんだ。

　このオジジはそれを思い出して喜んでいるのである。

聡明な
母、スーパーで
買い物で
何を買うのか
忘れて帰る

2020年1月3日。

　以前から物忘れの傾向があったが、日常生活に差し
障ることはなかった。だが、70代半ば過ぎに、スー
パーで買い物ができなくなった。
　それからこの母親は、買い物に行くことをしなく
なっていったのである。

床に散る
他人（たにん）の吐物を
見た老婆
もったいないと
皆食べつくす

2020年11月8日、未明。

　認知症になって異食（食べ物ではないものを口にする行為）をする人は少なくない。しかし他人の吐物を食べる人はそう多くはいないが、ある老人保健施設で、この人のように一度ならず何度も食べる人もいるのである。
　認知障害は習慣、教養、文化などを楽々と超えてゆくのである。

読み終わり
途端に全て
忘れ去り
その一行を
また読み返す

2020年11月10日。

　コルサコフ症候群の典型例である。ロシアの神経学者、コルサコフの著書を読んだ時、私は誇張か一部創作だと思った。しかし、その後数多くの認知症の患者の中に、まったくその通りの症状を示す患者がいたのである。

次女を見て
あなただあーれ
母は問う
いつ忘れられるか
私のことを

2020年11月12日。

　三女は2年前、忘れられた。
　次女は今回、忘れられた。
　看護師の長女はいつ忘れられるか、心配しているのである。
　このように三女、次女、長女の三姉妹の場合は三女から先に忘れ、次に次女、長女と忘れていく。
　新しい記憶ほど先に忘れていくのである。

ここはどこ
見慣れた街は
いつのまに
変貌していた
見知らぬ街に

2020年11月12日、昼。

　場所の見当識障害も、よく見られる症状である。
　毎日歩いていた道路や街が、ある時、一変して見知らぬ道路、街と化してしまう。
　認知症の人にとっては、それは驚くべき一大変化なのである。

おもらしの
下着そのまま
この老女
きれい好きの
影はいずこに

2020年11月13日。

　おもらしをするようになって1年後、きれい好きで
あった70代半ばのこの老女は、おもらしをしても下
着を替えず平然としている。
　このようにきれい好きだった習慣も、日常の変化に
順応していく。

戸棚あけ
お皿に盛った
ウンコ見て
家人驚き
悲鳴をあげる

2020年11月2日、昼。

　こんもりと便をお皿に盛りつけ、戸棚に入れてある。
　自分の便を床やカーテンにこすりつけていることが
よくあったが、お皿に盛りつけて戸棚に入れておくよ
うになったのは、最近のことである。家人は常に緊張
を強いられるようになった。

ためこんだ
記憶や思い出
忘れゆく
神や仏の
慈悲か、摂理か

2023年1月22日。

　神や仏を信じる者にとっては、認知症は神や仏の慈悲や摂理でもある。
　しかし、神や仏を信じない者にとっては、人間に対する天からの刑罰か復讐なのではないだろうか。

いつ生まれ
いつ死んでいく
我知らず
食べる食べない
はや我知らず

2020年11月21日、朝。

　認知障害は、次第に記憶障害の域を超えて、その人の生存と生命に危機を及ぼすようになる。
　それが問題である。

あの老爺（ろうや）
いつのまにか
いなくなる
3年たって
骨で見つかる

2020年11月21日、朝。

　いつも同じ道を歩いていたあの老いた男性。気がつくといつのまにか歩く姿が見えなくなっていた。道に迷って帰れなくなったと思われた。
　忘れた頃になって骨となって山の中で見つかったのである。

さようなら
皆さん皆さん
さようなら
私はどこへ
行くのでしょう

2020年11月21日、朝。

　認知症の80代の男性は、死期が近づいていること
を漠然と感じている。
　皆さんともお別れする。しかし私はどこに行くので
しょう。

お人形
私の孫と
背負ってる
「私の孫」と
奪い取るババ

2020年11月24日、昼。

　赤ちゃんと等身大のセルロイドのお人形を背負って
あやしている老婆。それをうらやましそうに見ていた
老婆が、奪い取って「自分の孫だ」とケンカになった。
　老人保健施設の認知症病棟でのことである。
　その後、お人形はしまい込まれて、背負われること
はなくなった。

狭い家
夜間トイレに
行きつけず
玄関口で
用をたす老婆

2020年12月1日、夕暮れ。

　こういう老婆はしばしば現れる。
　何十年も住んでいる家で、夜間にトイレに行きつけずに、玄関や廊下で用をたすのである。
　そして、自室に帰って寝る。
　家人はどうしてと思うが、それが日常的になっていった。

気がつけば
歩き慣れたる
街なのに
一瞬にして
見知らぬ街に

2020年12月1日、夕暮れ。

　見当識障害の妙である。
　次第に場所や街が変化していく場合もあるが、歩い
ていて一瞬にして変わってしまうのである。
　認知症の当人は、驚くばかりである。この時、脳に
何が起きているのか、未だ解明されていない。

オーロラも
タージ・マハールも
夢の中
旅の記憶は
皆闇の中

2020年12月19日、未明。
世界の旅の夢から覚めて。

　旅好きな老夫婦。
　夫や娘たちと世界中を旅していた。
　念願であった北極のオーロラを見て、感激していたという。
　インドのタージ・マハールを見て、インドの王妃になったようにはしゃいだという。
　全てを忘れたと娘たちは悲しそうに旅の思い出を語った。

あれあれと
物の名前が
出てこない
姿形は
目に浮かぶけど

2020年12月20日、未明。

　記憶障害の初めは、物の名が出てこないことがある。
　そのものの使い方は知っているが、名前が出てこない。もどかしいがどうにもならない。1時間ほどして、突然その名が出てくることもある。

あいさつを
終えて別れて
あの人は
問うと父は
会っていないと

2020年12月20日、未明。

　親しかった知人と路上で会った。あいさつをした父は、そばにいた娘にあの人は誰と問われて、誰にも会っていないと言い張る。
　短期記憶障害の極致である。

懸命に
眼鏡をさがす
小一時間
ふと手に触る
かけてる眼鏡

2020年12月20日、未明。

　眼鏡をかけていて、それを忘れ、さがすことは認知症の初期によく見られる。家人や他人に指摘されて、笑顔になることが多い。しかし指摘する人がいない場合、かなり長時間さがしていることとなる。

　偶然にかけている眼鏡に触れて気づく場合、本人はどうしてこんなことになったのか、自分では分からないのである。

手を握り
離さない婦人
いつまでも
頼る人なし
天涯孤独

2021年1月7日。
夢をみた後。

　上品な老婦人はお茶の師匠であった。
　夫に先立たれて一人となった。
　認知症になって、師匠をやめた。老人保健施設に
やってきた。
　あれこれ話をして、私をたよりにするようになった。
　その後、毎日顔を合わせるたびに手を握り、離そう
としない。別れるのがつらい日々であった。

赤ぎれに
そっとすりこむ
メンソレータム
認知のババは
子供に還る

2021年1月9日。
夢をみて。

　古稀の老婦人。
　子供の頃、冬によく指に赤ぎれができた。
　母親にメンソレータムを優しくすりこんでもらった。
　記憶がよみがえって、子供の心と顔になった。

あの人は
誰だったかと
くり返す
礼儀正しく
別れた後に

2021年2月12日、未明。

　80代のおしゃれな男性。

　認知症になって数年、なじみの人に会うと、いつものようにあいさつを交わし、礼儀正しく別れる。その直後、家人に、会った人は誰だったかとくり返し尋ねるのである。

いつからか
おもらしをする
老妻は
一人ひそかに
下着干してる

2021年2月12日、未明。

　おもらしをするようになっても、老妻はそれを言わ
ないでいる。ある時、老妻は下着を干していた。
　注意して見ていると、それはしばしばのことである。
　認知症の初期の頃である。

しのびよる
加齢の影は
気がつけば
大手で闊歩
かくすことなく

2021年2月12日、未明。

　物忘れ、つまずき、転倒……。
　悲しき老境。
　誰にもくる。
　認知症の直前の姿である。

閉ざされた
記憶の扉
開けてみる
はじけ出でたる
我が子の想い

2021年1月20日。

　泣く子を抱いてあやした記憶。
　80代の認知症のババは突然、記憶の扉を開け、泣く子をあやす仕草をした。
　慈しみに満ちた顔で。

本好きの
母読み終えて
満足気
聞けば記憶の
断片もなし

2021年1月28日。

　83歳の認知症のババ。
　本好きで、毎日本を読んでいる。
　ある時、今読んだ本、どんな本？　と聞いてみた。
　何の記憶も残っていなかった。
　驚いたのであった。

気がつけば
我が子の顔も
忘れゆく
思い出すのは
亡き母の顔

2021年4月6日、未明。
夢から覚めて。

　亡き母とは、物心ついてから約55年間、慣れ親しんでいた。
　母は87歳で亡くなった。
　我が子である長女は50歳になる。長女は亡き母よりも短い記憶になるのである。

あれこれと
思い出せない
ことばかり
いつかあれさえ
忘れ果てたり

2021年4月22日、日中。

　認知症になって7年、初めのうちは物の名が出てこ
ない。
　それがこうじて、そのものが脳に浮かばなくなって
いく。
　こうして、脳から記憶がどんどん失われていくので
ある。

口ぐせに
早く迎えに
来てという
ババ幼児期に
家を出たのに

2021年4月26日、日中。

　80代の認知症のババは、幼児期に家を出されたが、迎えに行くよと言われたことを思い続け、現在も待ち続けているのである。

眼鏡かけ
「俺の眼鏡は
　　どこいった」
さがす父見て
笑えぬ娘

2023年1月11日、朝。

　眼鏡をかけて眼鏡をさがしている父。

　初めは笑い、見ていた娘。

　次第に口が重くなり、「父さん、眼鏡かけている
じゃない」と言わなくなった。

　日常生活の中で記憶の低下は、次第次第に進行して
いっているのである。

　それが認知症の初期だとは、父も娘も気づかなかっ
た。

　しかし、今はその深刻さに恐怖を感じるのである。

「どこに行った」
亡き妻をさがす
父を見て
「すぐに帰る」と
娘は言った。

2023年1月7日、昼。

　亡き妻をさがす父を見て娘は言う。「まもなく帰ってくるわ」
　父はそれを聞いて安心し、妻をさがしていたことを忘れる。

夕飯が
美味しく出来たと
鍋を指す
刺身も肉も
ごった煮にして

2021年6月6日、未明。

　刺身好きの長男のため、嫁が用意した刺身を冷蔵庫で見つけた認知症の老母は、肉や野菜もごった煮にして、夕飯を用意した。
　お膳を前に座った長男が、それを見て声を荒らげた。

にこやかな
優しさ消えた
医師の顔
感情あれど
感情干からび

2021年6月14日、未明。

　もともとはにこやかに、細やかに応対する医師で
あったが、認知症の進行と共に、細やかな感情が消え
た。
　あの感情はどこに行ってしまったのか。
　親しかった老医を追憶して。

ブレーキを
踏み間違えて
アクセルを
頭は確かと
言い張る老師

2021年6月16日、未明。

　親子が被害者となった交通死傷事故。
　この老師は日頃から、毎日のように運転して、頭と
技術ともに間違いないと主張する。だが脳の回路に異
常が出てきたことは間違いない。
　高齢者の運転のワナである。

食べ終えて
かたづけ済んで
口ぬぐい
５分後怒鳴る
メシはまだかと

2021年6月21日、未明。

　あの好好爺（こうこうや）は、今どうなっているのだろう。食事を
摂（と）っても満足感を覚えないのか、太った体をゆすって、
何度も食事を要求する。
　慢性的な飢餓状態の続く未開の子供のように。

飲みたいと
くり返すジジ
認知症
２年後「いいよ」
首横に振る

2023年1月13日、朝。
呑兵衛のジジを思い出して。

　酒を飲みたいと言っていた頃のジジは、肝機能がかなり悪かった。
　２年後。余命いくばくもないと思って、酒を許可した。
　ジジは首を横に振った。もっと早く許可してあげればよかったと後悔したのである。

雪やんで
ひそかに酒を
飲みに出た
ジジ雪の中
埋もれて果てた

2023年1月13日、朝。
呑兵衛のジジを思い出して。

　老人保健施設の認知症病棟を抜け出して、ひそかに
飲みに行ったジジ。
　酒を飲んで帰る途中、側溝の雪の中に落ち、埋もれ
て死んだ。積もった雪をはねのけると、その顔は満足
そうであった。

美味しいと
甘いお菓子を
食べるババ
子供に還る
神の子供に

2021年6月21日、未明。
夏至の日。

　80歳を過ぎた老婆は、大好物の甘なっとうを差し出されて喜ぶ。
　その顔は3歳の童女。
　甘なっとうの記憶は80年余りでよみがえったのである。

よみがえる
恍惚感は
今もなお
八十路（やそじ）のババは
性感語る

2021年6月21日、未明。

　あんなによかった感覚は今も体と脳にあると語る、
認知症の老婆。
　相手の人の記憶は全くなくなっているが、性感だけ
は今も生々しくあると。

寡黙なり
一人静かに
寡黙なり
喜怒哀楽
瞑想もなく

2021年6月25日、未明。
夢から覚めて。

　その心は空々漠々か、仏の心か。
　黙って目覚め、黙って座り、黙って食べ、黙って眠る。
　78歳の認知症の老女は、欲もなく悲しみもない。
　テレビの音を黙って聴いている。

家を出て
さまようババに
娘は言う
ここが家だと
ババは首振る

2021年6月27日、未明。

　認知症のババは嫁に来て50年、今住んでいる家は
自分の家ではないと思っている。
　生まれ育った家は15キロほど離れているが、この
ババにとって、その生まれ育った家が、自分の家なの
である。
　こうした嫁と姑の言い争いは、あちこちで今も続い
ている。

ラジオから
流れる音は
兎のダンス
認知のババは
踊り出したり

2021年6月27日、未明。

　4、5歳の頃に「兎のダンス」を踊り、喜んでいた老女。

　ラジオからの音楽を聴いて、歌を思い出して踊り出したのである。

無為の人
絵筆握った
人なりと
絵筆手にして
生き生きと描く

2021年6月30日、未明。

　70代半ばの老人。認知症となってから、毎日を無為に過ごすようになった。

　家人を呼んだ。以前、日本画を描いていたという。入選したこともあったという。

　家人に絵筆と紙を持ってきてもらい、渡した。

　その年の干支の羊を立派に描いて、生き生きとした表情で私に差し出したのである。

はて、さてと
見慣れた街の
店を出て
帰りつけずに
夜通し歩く

2021年6月30日、未明（大阪）。

　70代半ばの皮革職人の男性。
　真面目に働いて、会社をつくり、社長となっていた。
　認知症となってから、しっかり者の老妻はいつもポケットに30万円を入れて「分からなくなったらタクシーで帰ってきなさい」と言っていた。
　しかしそのうちに、タクシーに乗って帰ることも分からなくなって、大阪から和歌山まで歩き続けたのである。

足すくみ
立ち尽くすジジ
足元に
線を描くと
楽々と越す

2021年6月30日、未明。

　70代半ばの認知症老人。パーキンソン病を患っていた。

　下肢に問題はなく歩けるのだが、時々足がすくんで歩けなくなる。

　主治医の医師たち3人が相談に来た。

　どうしたら歩けるようになるか。

　私は立ち尽くす患者の足元に、チョークで線を引いた。

　すると、患者は線をまたいで歩き出した。

　パーキンソン病の一症状の対処の仕方である。

意味、作者
忘れ果てたる
今なれど
すらすらと出る
百人一首

2021年7月1日、未明。

　その老婦人は上品な物腰で頭を下げた。

　認知症がひどくなり、日常生活に支障が生じて老健
に入所してきたのである。

　いろいろと話してみて、百人一首を今でもよく覚え
ているという。

「これやこの」と私が言うと、老婦人は「行くも帰る
も 別れては 知るも知らぬも 逢坂の関」と、ただちに
答えた。

五点ほど
買い物すると
スーパーへ
何を買うのか
忘れて帰る

2021年7月12日、未明。

　3ヵ月ほど前までは、5点どころか10点ほどの買い
物も、安心してすることができた。

　この70代半ばの老婦人、この日は5品目ほどの買い
物をするはずだったが、何を買うかすっかり忘れて
スーパーから帰ってきたのである。

　呆然として家に帰り、台所に立っていた時に何を買
うかを思い出した。

　この日以降、婦人は買い物に行くことをしなくなっ
た。

買い物の
計算できず
少額の
買い物にでも
万札を出す

2021年7月2日、未明。

　少額の買い物をしてレジの列に立つが、計算ができず、1万円札を出す。
　80歳老婦人は、いつのまにか計算ができなくなっていたのである。

あれこれと
袋につめて
店を出る
万引きしたと
言われるのだが

2021年7月4日。
夢から覚めて。

　70歳過ぎのこの老婦人は、買い物にスーパーに
行って必要な物を袋に入れる。
　よりどりみどりである。そしてレジを通さず店を出
る。全く罪の意識はない。
　サイフには買い物程度のお金を持っている。買い物
という概念が分からなくなったのである。家人が駆け
付け、支払いをしたが、今後どのように対処するのか
頭を悩ませている。

ふみ切りで
線路に入り
虫を追う
いつもの散歩
死に行く散歩

2021年7月4日、朝。

　76歳のこの老人は気の向くまま、風の吹くまま毎日のように散歩している。

　この日は少し遠出して歩いている。

　ふみ切りを渡る時、1匹のキチョウが線路の方に飛んできた。

　老人はこのキチョウを見て、線路に入ったのである。そこに快速電車が来て、老人ははねられた。

　認知症の人の重大な事故の一つである。

大声で
孫と歌った
赤トンボ
歌い終わって
飛び去るトンボ

2021年7月7日、未明。
第1回コロナワクチン接種の翌日。

　この83歳の老人は、孫と一緒に赤トンボを歌い、
満足した。幼年時代に赤トンボを追って遊んだ記憶が
よみがえった。
　しかし、孫が離れてちょっとした後には、歌ったこ
とも、赤トンボを追った記憶も、頭から去ったのであ
る。

おもらしも
チビって乾く
うちはよし
今やしたたる
歩みも止めず

2021年7月7日、未明。

　70代半ばのこの老人男性。1年ほど前から尿失禁が
ある。
　初めは尿をチビる程度であった。次第に失禁量が多
くなり、パンツの汚れがひどくなった。尿取りパッド
から紙パンツとなった。

老いた医師
かつての面影
今はなく
言葉も薬も
そざつになりぬ

2021年7月9日、未明。

　元来、勤勉で細やかな気づかいをするクリニックの
医師であった。
　それが、次第に言葉遣いが粗雑になり、処方も同じ
ような薬を出すようになった。
　看護師がそれに気づき、家人と相談したが、医師は
クリニックをやめようとはしなかった。
　半年後、大学病院を受診し認知症病棟に入院した。

そこに置いた
カレー粉がない
困りはて
カレー作れず
料理を替える

2021年7月11日、未明。

　この頃、このようなことが時にあるという。
　また、自動車を運転していて、ブレーキとアクセル
を踏み間違えることも時にある。
　自分が自分でなくなるという、不安と恐怖が感じら
れる。
　認知症になるのではないかと、恐れている。
　この人はすでに認知症になっていたのである。

あなたでしょ
私のサイフ
とったのは
今日もどこかで
続く争い

2021年7月14日、未明。

　盗られ妄想で多いのはサイフ。
　70代後半の認知のババは、サイフをどこにしまったか忘れて嫁がとったと思っている。
　さがしていた嫁が「ここにあったね」と差し出すと、「やっぱりあんたがとったね」とババが言う。

おとなりの
主婦と話の
嫁を見て
「何で私の
　悪口いうの」

2021年7月14日、未明。

　近所の人と話をしている嫁を見ると、認知のババは、自分の悪口を言っていると思い込み、「何で私の悪口を言うの」と常に言う。
　悪口を言われていると思い込む被害妄想は、認知症ではしばしば見られる。

切り裂きし
背広指差し
大声で
嫉妬に狂う
老妻哀れ

2021年7月15日、朝。

　夜遅く、酔って帰った夫とはつれそって50年。
　飲んで遅く帰るのはめずらしいことではないが、近
頃は外に女がいて、浮気をして帰ってくるのだと思う
ようになった。
　そこで背広を切り裂いて大声でののしったのである。
　嫉妬妄想も、認知症には少なくない。

かけ違い
ボタンそのまま
応対す
おしゃれだった
面影いずこ

2021年7月17日、朝。

　おしゃれで、服装にも細やかな気配りをしていた
60代の婦人。

　数カ月前からだらしなくなってきた。

　会話は普通にできるのだが、服装はむとんちゃくに
なってきた。

　ボタンのかけ違いや、片そでしか通さないのも気に
しなくなった。

　認知症の一症状である。

絶品の
冷やし中華の
作り手は
狂った味に
気づかず笑う

2021年7月17日、朝。

　行きつけの中華料理店。

　60歳になってまもない女店主。

　2、3年前に食べた冷やし中華（ラーメン）の美味しさにびっくりした。

　以来、しばしばそれを食べにいった。それがある時、それまでと全く異なる、狂った味のラーメンが出てきた。

　その時、女店主は笑っていたが、まもなく閉店した。

　女店主は認知症で施設に入所したという。

風邪ひいて
声が変わったと
息子云う
「カバン盗られた
　金送れ」

2023年1月16日、寒い昼。

　毎日のように放送されるオレオレ詐欺のニュース。
　息子を名のる男。風邪をひいて声が変わったと、声の変化を知らせる。そして、カバンを盗られたので金を送ってくれという。
　認知症がかった老母は、それを真に受けて金を送った。
　判断力が低下した老母は、だまされたことに気づかなかった。

終活の
すすめを聞いた
認知のババ
お金を貯めた
バッグを捨てる

2023年1月16日、冷雨の街を歩きながら。

　終活が大事という話の中で、古い不用な物は身辺整理のため捨てていくことが大事と聞いていたババ。

　長年お金を貯めていた古いバッグを捨てた。

　ゴミ当番の係員は、古いバッグを開けて、お金が1300万円入っているので仰天。

　バッグの中にはお金の他には、身元が分かるようなものは入っていなかった。

　ババはそのニュースを聞いても自分が当事者とは気づいていなかった。

欲望の
鎖切れたる
好好爺
川に万札
流し楽しむ

2023年1月17日。

　これまで、いろいろな欲望に駆り立てられて生きて
きた70代後半の好好爺。
　認知症になった。
　次第に欲望がなくなっていった。
　ある日、1万円札を数十枚持って近くの川に行った。
1万円札を川に流して楽しんだ。
　その顔は満足げであった。

今会った
あの人だーれと
聞くババは
あんなに会話
はずんでいたのに

2021年7月17日、朝。

　よく知っている知人と会って、おしゃべりに花が咲
いた。それなのに、別れた途端に70代のババはケ
ロッと忘れて、家人に尋ねる。あの人だーれ？　と。
　ふざけているのではない。そばで聞いていた家人は、
会話は特に不自然なことはなかったという。
　この老婦人の脳はどのようになってしまったのか。
家人は不安と、ある種の恐怖を感じ、母の顔を見つめ
直した。

煮物して
吹きこぼれ前
ピンポンと
応対に出て
家は火の海

2021年7月22日、未明。

　70代半ばの主婦。この半年ほど前から2つのことが
同時にできなくなった。
　料理をしながら次の準備をし、そのまま火を消し忘
れてこげることが時々あった。それがこうじて台所が
火の海となったのである。
　火の消し忘れによる火災は、後を絶たない。

冬の朝
利き手動かず
物言えず
脳梗塞は
突然おそう

2021年7月22日、未明。

　83歳のその老婦人は酒とカラオケの愛好家である。夜遅くまで飲んで歌って、酔って帰った。いつまでたっても起きてこないので、家人が見に行くと、右半身はだらりとして動かない。

　救急車で病院に搬送した。左大脳の広範囲な脳梗塞である。やがて意識は戻り、リハビリの結果、右半身マヒはやや改善した。

　しかし認知機能は失われたままである。脳梗塞は脳血管障害の一種で、認知症の原因の一つである。

自転車で
車にはねられ
脳挫傷
リハビリすれど
認知戻らず

2021年7月22日、未明。

　17歳の男子高校生。通学したり買い物したりして、日常的に自転車を利用していた。

　ある日、前方不注意の車にはねられて脳挫傷を生じた。

　意識が戻って、リハビリにより歩けるようになり、会話もできるようになった。しかし認知機能は改善しなかった。

　頭部外傷由来の認知症も少なくないのである。

物忘れ
１０年前に
始まって
今はわが子の
名も忘れ果て

2021年7月24日、未明。

　アミロイドβという異常たんぱく質が脳の神経細胞に蓄積して、細胞を次第に壊していく。気がついた時は脳の神経細胞が破壊され、消滅していっているのである。アルツハイマー型認知症の恐ろしさである。
　進行を止めるという薬はまだない。
　神経細胞の死滅を遅らせるか、アミロイドβの蓄積を止める薬が待たれるのである。

自力では
食事が取れず
のみ込めず
鼻から管で
生きる日々なり

2021年7月30日、朝。

　認知機能の低下と共に、身体機能の低下も見られるようになることが多い。

　食事の際に咀嚼も嚥下も十分に行えなくなって、誤嚥による肺炎を起こす。高齢者の死因で最も多い。

施設出て
大酒飲んで
帰るジジ
よろめく足で
「何が悪いか」

2021年7月30日、朝。

　介護老人保健施設に入所の認知症の80代後半の老人。

　元来酒好きである。

　年金などの収入もあり週に1、2度は施設を出て、酒を飲んで帰る。

　千鳥足のジジは、今は自力で帰ってこられるが、いつまで続けられるか分からない。現在が、このジジにとって最も幸せな時なのである。

しんどくて
放置しばしば
金もなく
老々介護
悩み果てなく

2021年8月1日、未明。

　70代のジジは認知症の妻を介護している。
　年金はわずかで、老妻を施設に入所させることがで
きない。
　ジジ自身、次第に身体能力が失われてきている。
　放置、虐待、生活保護、無理心中……。悩みは果て
ない。
　豊かな日本は、いつのまにか豊かではなくなった。
認知症でなくても生活困難になった。
　政治は混迷し、展望はない。

この人誰
わしのベッドに
寝てるのは
見知らぬオババ
「ここは私の」

2021年8月4日、朝。

　施設や老人病院ではしばしば起こるトラブルである。
　昼夜逆転して日中寝てばかりいる患者が、トイレに行った帰り、空いているベッドに入り込む。そして寝込むのである。
　本来のベッドの持ち主が戻ってきて、もぐりこんでいるババとトラブルになる。
　認知症患者のいる施設では日常茶飯事である。

冷蔵庫
開けてびっくり
リモコンや
ティッシュ・ペーパー
歯ブラシなど

2021年8月10日、深夜。

　几帳面であった老婦人。数年前に認知症を発症。
　次第に常軌を逸する行動が目立ってきた。冷蔵庫に食品ではない物を入れるようになり、家人とトラブルを起こす。注意してもやむことはない。
　家人は怒り、母に手をかけるようになった。

銀行の
通帳どこに
しまったか
いくらさがしても
見つけられない

2021年7月13日、朝。

　大切なもの、大事なものをしまっていたが、どこに
しまったか分からなくなった。
　大事にしまってあると認知症の70代の婦人は言う
が、しまった場所を忘れてしまって思い出せない。
　認知症のトラブルで、深刻なものの一つである。
　その解消は、家人と共同で管理することである。

真夏日に
いつものように
散歩に出
熱中症に
倒れた老医

2021年9月4日、朝。

　世界的に異常気象が多発した年。

　日本では異例の暑さが続いた。

　元精神科医で老人保健施設に転勤してきた老医は、
初期の認知症になっていた。

　その日、真夏日であったが、1人で散歩に出た。

　帰ってこないのでさがしたところ、カンカン照りの
路上で倒れていた。

　心肺停止の状態だった。

　医師でも認知症になると判断力が低下するのである。

わたし誰
わたしの名前
住むところ
みんな分からず
生きているだけ

2021年9月12日、朝。

　70代後半の婦人。精神機能は衰え、身体機能は、
日常生活はいくらかできる程度である。
　認知症初期の状態である。
　人間とは何か、精神とは何か、考えさせられる状態
である。

ささやかな
幸せ求め
生きてきた
何が幸せ
分からぬ日々に

2021年9月12日、朝。
散歩しながら。

　70代後半の婦人。真面目に一生懸命に生きてきた。
　ささやかながら幸せを求め、それよりももっと幸せ
になろうとしてきた。
　気がつけば、幸せとは何か、分からなくなっていた。

「見てきたね
　まばゆく光る
　オーロラを」
娘の声に
うつろな瞳

2021年9月13日、朝。

　旅好きの母は、夫や娘たちと一緒に旅をした。
　帰ると、毎回旅の思い出を語り合った。
　その母が認知症となった。
　旅の思い出を語れば少しは認知症が改善するかと
思っていたが、その効果はなかった。

落葉おち
秋の夕暮れ
オジジ逝く
認知のオジジ
笑みを浮かべて

2022年11月8日。

　人生をまっとうして、最後の10年に認知症を患っ
たオジジ。
　全てを肯定して、笑みを浮かべていたオジジ。
　欲望もなく、たんたんと生きて90年、落葉のよう
に逝った。
　一つの人生の典型である。

放浪と
人は言うけど
幸求め
歩み続ける
認知のオジジ

2022年11月16日、未明。
夢から覚めて。

　人は何で放浪しているのかと言うが、忘却の世界に
入り、ささやかな幸を求め歩き続けているのだ。
　失われた記憶を求めているのであろうか。

足は萎え
嚥下機能も
失われ
認知の果ては
行き止まりなり

2022年12月4日、午さがり。
冷雨の街の散歩から帰って。

　認知機能の衰えと共に、身体機能も共に衰えきた。
　この先、どうやって生きていくのか。
　寝たきりの状態でどうして生命を維持できるのか。
　人間の尊厳とは何か。
　万人が心から考えるべきことである。

喜びも
悲しみもなし
しがらみも
義理人情も
今はなし

2021年9月23日、深夜。

　認知症となったが、食欲も睡眠欲も残存している。
　しかし高次脳機能は失われていき、しがらみも義理
人情もない世界で生きるようになった。
　認知症末期はそうしたものであろう。

大地ゆれ
大雨、干ばつ
ガケ崩れ
いつ起きるかは
知らぬが仏

2021年9月25日、朝。

　天災はいつやってくるのか、誰も知らない。
　天災に備えて準備している人は、健常者でも少ない。
　大多数の人は、認知症の人とその点では変わらない
のである。

死に向かい
夜はおびえて
悩む日々
ジジは優しく
「こわがらないで」と

2021年9月25日、朝。

　多くの人は死に近づくと、恐れ、悩み、苦しみもがく。
　神や仏にすがる人も多いが、報われることが少ない。
　だが、認知症末期には、ジジもババも死を恐れない。

ラジオから
流れる歌を
口ずさむ
認知のババは
娘に還る

2021年9月27日、未明。

　寡黙になった80代の老婦人。
　認知症になって数年。自ら口を開き、喋ることはほとんどなくなった。もちろん歌を口ずさむこともない。
　ある日、ラジオから流れる歌を聴いていて、老婦人はその歌をラジオに合わせて口ずさんだ。「赤とんぼ」の歌であった。
　老婦人の顔は幼児の顔に還った。
　それを見ていて私は思わず涙ぐんだ。

認知症
症状は皆
異なりて
百人百様
千差万別

2021年10月31日、朝。

　認知症の症状は、その原因や患者の生い立ち、生活歴などによって異なる。

　脳の中で同じような変化が起きていても、症状は人によって異なるのはそのためである。

　認知症の症状は千差万別である所以である。

この次に
生まれ変われたら
何望む
空飛ぶワシか
大王イカか

2021年10月3日、朝。

　80代の認知症のババは、空を飛ぶ鳥を見ていた。

　今度生まれ変われるなら何になりたいかと尋ねた。

　大声で笑い「鳥がいい」。鳥の中でもワシがいいと言った。

　大空から世界を見て飛んでゆく鳥は、私にとってもあこがれの生き物であった。

秋立ちて
風に吹かれて
愁いなし
いつもにこやか
認知のオババ

2021年10月6日、朝。

　80代半ばのオババ。認知症になって5年。
　いつも笑顔を絶やさない。
　悩みも悲しみもなく過ごしている。
　これこそ神のめぐみなのである。
　優しい娘に見守られ、可愛い孫とたわむれて、神の
子に戻る。

コロナ禍で
職をとかれた
子らの親
認知の母も
食べるものなし

2021年10月6日、朝。

　2019年末、中国から発生した新型コロナ感染症は、
またたくまに全世界に広がった。地球全体でパンデ
ミックとなった。
　各国で多くの人々は職を失い、生活に困窮した。
　認知症の人も空腹をかかえ、水を飲んで飢えをしの
いだ。
　子供も食事は取れず、学校へも行けなくなった。
　新型コロナウイルスは、人類に復讐を始めたのであ
ろうか。

さまよいて
2度のワクチン
すり抜けて
見知らぬ人に
コロナうつされ

2021年10月6日、朝。

　コロナ患者の拡大は止まらない。

　第5波、東京では毎日数千人の患者が発生した。2
度のワクチン接種をした認知症のオジジとオババも、
感染した。

　ワクチンをうたない若者たちは、わがもの顔で街中
歩き回り、感染を広げた。

　若者たちは老人たちに復讐しているのであろうか。

白山を
登りし想い
語る女（ひと）
今や記憶も
なくなりはてて

2021年12月5日、昼。

　白山信仰のTV画像を見た後、白山の高山植物や風
景の美しさを撮っていた人が、今や何の記憶もなく
なっていた。
　はかない人生の1ページである。

唐突（とうとつ）に
記憶がとぎれ
無為となる
その日、その場の
生きるしかばね

2022年11月4日、未明。

　90歳になってまもなく、ある日突然、朝起きてイスに座り、ボーッとしている。前日まできちんとして生活をしていたこの老婦人は、ただ茫然とイスに座ったままでいた。
　食事はするし、歩行もいつものようにできる。しかし、料理も作らず、作れず、買い物にも行かない。

気がつけば
流れ流れて
人の世は
無念無想の
涅槃（ねはん）の境地

2022年11月4日、昼下がり。
散歩しながら。

　人生90年。気がつけば、この世に何の未練もない。
　死の恐怖もない。
　人との交わりもない。
　この先、ただ静かに無念無想の世界に浸り、涅槃に
向かうのである。

さsやかな
幸せ求め
生きてきた
今は茫々
　　　ぼうぼう
恍惚の人

2022年11月27日、早朝。

　夢のごとく過ぎた30数年、認知症の人を千数百人
を診てきた。
　その多くは、ささやかな幸せを求めて誠実に生きて
きた人たちである。
　ささやかな幸せは常に日常の中にあり、大きな幸せ
ではなかった。
　そして気がつけば、認知症の恍惚の中にいた。
　人間の幸せを求めて悪を働き、晩年、苦悩の中での
たうちまわっているのは、その対極の姿である。

恍惚の
人となりて
はや7年余
今や笑顔の
大往生

2023年1月7日、夕。
冷雨降る富山で。

　命あるものは必ず死ぬ。
　いつ、どのようにして死ぬかは誰も分からない。
　天の配剤である。
　脳の神経細胞に蓄積するアミロイドβの量は人に
よって異なる。
　これも天の配剤である。

認知症番外短歌 1 首

ひた走る
ホモ・サピエンス
極まりて
認知症の
淵に立ちたり

2023年1月17日。
阪神・淡路大震災28年後の早朝。

　自ら知恵のある人類と称したホモ・サピエンス。言
語と文字を発明し、体系化して知識と技術を蓄積し繁
栄を極めるようになった。
　しかし、そのおごりは太陽系の第3惑星（地球）を
食い散らかし、環境を破壊するに至った。
　ネアンデルタール人を滅亡させたホモ・サピエンス

の内部でも、各人種間、各民族間、各文明間、各宗教間等で争いが絶えることがない。

　一人のホモ・サピエンスが晩年に認知症となり、死滅していくように、ホモ・サピエンス全体が認知症の淵に立っている。

　今なら引き返すことができる。ホモ・サピエンスは叡知（えいち）を発揮できるであろうか。

あとがき

　認知症百態の構想を立て、執筆を終えた現在、私はいろいろな点で、私自身がこれまでにない変化が生じたことを感じた。

　その第1は、これまでずっと考えてきた「人間とは何か」という命題を、改めて考え直したことである。これは私のライフワークそのものに関わることである。

　その第2は、認知症に対する考え方が変わったことである。多数の認知症の患者さんを診てきて、認知症の負の部分を主に診てきたことが誤りであると思うようになった。

　ある意味では認知症は天が人間に与えた恵みでもあると、私の心の中で変化が起こった。

　加齢と共に増え続ける認知症は、多くの問題を内蔵している。認知症の原因は今も不明のことが多く、治療に至ってはこれからの研究課題である。

認知症に罹患した人はもちろん、その家族や社会も苦しんでいる。その実態を調査し、対策を立てる時期となっている。

　日本のみならず、全世界の問題として真正面から取り上げる時期である。現在、国や自治体、地域社会は、早急に患者とその家族の実態を把握し、対策を立てるべきである。

　認知症に対する医学的な問題は、その原因と治療に対する研究をおしすすめるために、研究者の育成と研究費の助成を行うべきである。

　患者とその家族を守るための経済的支援のみならず、地域社会を守るための対応対策を立てるべきである。

　このささやかな一書が、これらの問題に一石を投じることができれば望外の喜びである。

　末尾ながら追加、追記致します。

　『短歌集　認知症百態』の構想を立てたのは2019年の夏である。

以来100首を目指して短歌を詠み、記録してきた。その頃すでに私は視力障害が進んでいて、書物を読むのにルーペを使っても時間がかかり難渋するようになっていた。

　短歌の記録も乱筆がこうじて自ら書いた文字が判読できないようになった。

　100首を詠み終わった時、その記録を一字一句読みといて記録することは困難であり、以前より手助けを頂いた林百合子様に、通常の人が読めるように書き直して頂いた。

　その苦労は大変なものであったはずだ。林百合子様には心からの敬意と感謝をささげます。

著者プロフィール

郭 隆璨 （かく りゅんちゃん）

1967年03月	東北大学大学院医学研究科修了（医学博士第454号）
1967年05月	東北大学医学部附属脳疾患研究施設 脳神経外科研究員
1967年11月	国立仙台病院厚生技官医療職脳神経外科
1968年02月	東北大学医学部脳神経外科助手
1969年04月	東北大学医学部脳神経外科講師
1978年09月～91年12月	金沢医科大学脳神経外科助教授
1980年04月～88年03月	東北大学医学部脳神経外科非常勤講師兼務
1992年01月～2001年03月	友愛温泉病院副院長（療養病棟担当。93年06月～2000年10月、管理者、理事）
1992年04月～95年03月	金沢医科大学脳神経外科客員教授兼務
1992年05月～95年03月	富山医科薬科大学脳神経外科非常勤講師兼務
2001年04月～03年03月	八尾総合病院副院長（02年4月まで療養病棟担当。02年05月～リハビリ科科長）
2004年04月～09年03月	富山老人保健施設施設長
2009年04月～18年08月	友愛温泉病院

著書・論文

① 『最新脳神経外科学』（鈴木二郎等共同編著）理工学社 1988年
② 『視て学ぶ脳神経外科学』（編著）診断と治療社 1990年
③ 『脳神経シンドローム50』（単著）にゅーろん社 1993年
④ 『万象万感 心、命、人、病』（単著、エッセイ集）早稲田出版 2010年
⑤ 『続・万象万感 心はなぜ他の人と違うのか』（単著、エッセイ集）
　　　　　　　　　　　　　　　　　　　　　　　　　　　早稲田出版 2012年
⑥ 『認知症の森』（単著）早稲田出版 2015年
⑦ 『現代医学の影』（単著）文芸社 2020年

　　その他共著を含め、著書・論文・学術出版物 125編余。

短歌集　認知症百態

2023年10月15日　初版第1刷発行

著　者　郭　隆璨
発行者　瓜谷　綱延
発行所　株式会社文芸社
　　　　〒160-0022　東京都新宿区新宿1−10−1
　　　　　　　　　　電話　03-5369-3060（代表）
　　　　　　　　　　　　　03-5369-2299（販売）

印刷所　図書印刷株式会社

ISBN978-4-286-24573-7